심목일

임예솔 지음

FOREST
WHALE

차 례

하나, 그에게

둘, 무언가에게

셋, 과거에게

작가의 말

'식목일'은 나무를 많이 심고
아껴서 가꾸도록 나라에서 정한 날이라고 합니다.

저는 이 책을 쓰며 제 마음을 새로 심고
무럭무럭 자라날 수 있게 직접 가꾸는 시간을 가졌습
니다.

그래서 당연하게도 이 글을 읽는 분들께도
저와 같은 시간을 선물해드리고 싶었습니다.

스스로의 마음을 심고 가꾸는 소중한 시간으로 기억
되길 바랍니다.
감사합니다.

하나,

그에게

🐞 여름잠

너의 갈색 눈동자를 읽었다
한장 한장씩 조심스레 읽었다
윤슬처럼 투명하게 비추어지는 두 눈 속에는
대부분의 것들이 담겨 져있었다
애써 소리내어 말하지 않았다
눈을 깜빡이지 않고서
서서히 떠오르는 햇살처럼 반짝이는 눈빛으로
너는 내게 말을 걸어왔다
그날 자몽에이드에서는 피치 못 하게
살구색 꽃잎이 올랑올랑 피어올랐다
우리는 손끝으로 사랑을 속삭였고
사랑이라는 단어를 새로이 정의해나갔다
우리만의 언어로
그리고 이내 단잠에 들었다
우리에게 필요했던 건 여름잠이었다
겨울잠이 아닌 여름잠이었다

🌰 필름 카메라

새하얀 벽지를 네모 안에
실수인 척 여러 번 눌러본다
손에 집히는 물건도 네모 안에
주위를 살피며 조심스레
손가락을 꾸욱
만지면 닳을까 닿지도 못했던 장들을
어느샌가 이면지 보듯 바라보는 나
노을 한 장을 배경지 삼아
봄해같은 미소진 그를 담은 사진 하나
아라를 가득 채우던 순간이 비친
사진 한 장을 꺼내보고픈
안다미로 같은 나의 소망

🌰 다솜

키높이 구두를 신은
하늘색 들러리들이 나를 반겨온다
이 지구엔 그와 나만이 존재하는 듯
어떠한 인기척도 들리지 않았다
그의 작은 흥얼거림에도
내 두 귀를 쫑긋이 세운 채 집중할 수 있게끔
잔잔해 보이는 파도 소리 같던 그의 목소리
내 시야에 수평선이 들어오기 시작했다
그걸 난 다솜이라고 불렀다
한번도 들어보지 못한 사랑을 들려주고 싶기에

🐞 단봄

빗방울이 도랑따라 흘러가고
의자위에 햇빛이 찾아들때쯤
그때서야 한마디를 속삭여
좋아해 좋아하는 것 같아 진짜루

듣는 쥐 하나 없는 밤
내 마음이 잠에 들기엔 조금 이른
쾅쾅 사실화된 듯 묘한 설렘은 배로
땀이 송골송골 나는 이 계절 속
나만의 단봄을 만끽하네
그와의 순간들을 반복 재생하며

🐞 당근 케이크

눈이 소복이 내린 듯 쌓인
코코넛 가루들
모형인지 음식인지
구분조차 가지않는 당근 몇 개
당근에 맞춰 잘라진 조각 여섯 조각
내 하얀 접시 위로
포크를 들어 찍어 내린다
함께 씹혀 들어오는 그대와의 기억들
이제야 점점 작아져 내려가는 듯
언젠가 당근처럼 소화되고 말테지
이젠 체하지 않을 자신이 있으니 말야

🐀 초면

볼때기가 붉게 익은 딸기인 듯
더워서라며 날씨 탓을
부정맥인가 몸뚱아리 탓을
헛것을 본것마냥 그가 내 앞에
기가 허해졌나 보약을
이런 일에 서운해함에
정이 많아졌나 의심을
몇 번이고 시작과 끝을 마주해보아도
어김없이 초면인 듯 서투를 뿐

"우리는 서로를 실망시키는데

두려움이 없는 사이가 됐으면 좋겠어요"

:3

지금

언제쯤이었나
선분홍빛 색안경을 쓴 듯
폭신폭신 거리는 솜사탕 위를 거닐듯
붉은 부끄럼에 햇감자마냥 달궈지듯
크림색을 띠는 튤립을 마주하듯
내가 이런 사치스런 감정에 휩싸였던 날들
지금일까 지금일 것이다

반가운 마음에 신발도 벗어 던진 채
맨발로 달려 나가 포옥 안기고 싶지만
행여나 그 발소리에 다시 도망갈까
사뿐사뿐 천천히 당신에게로

🌷 꽃다발

예쁜 꽃다발을 받았다
세련되고 예뻐 보였던 꽃다발

내가 준 꽃다발은
무식하게도 크기만 컸다

그 모습이 우리 같았다

예쁜 마음으로 날 응원해준 그와
어쩔 줄 모르고 무작정 마음만 컸던 내가
그 꽃다발처럼 보였다

오늘따라

오늘따라 예뻐 보이는 풍경
오늘따라 흥얼거려지는 유치한 사랑 노래
오늘따라 맛있는 음식
오늘따라 빛나는 가로등 불빛

왜인가 싶어
고개를 돌려보니
내 옆엔 그가 있었다

🕷 할로윈 데이

이날을 핑계로라도
그에게 선물을 전할 수 있음에
감사를 느끼며

🌑 겨울

춥다는 핑계로 손을 잡을 수 있기에
바람이 분다는 핑계로 안을 수 있기에
눈을 보자는 핑계로 만날 수 있기에
눈밭에 이름을 쓰며 그리워할 수 있기에
그래서 좋아한다
겨울을 그를

칭찬 스티커

쉬는 시간 종이 힘껏 울리고 나면
잽싸게 어디론가 달려가 쓰레기를 주워 오는
형광 주황색 츄리닝을 입고 있는 아이
포도알에 붙이던 소중한 스티커 하나
좋아하던 아이에게 말도 못 걸어본 채
저 보늬 뒤로 슬며시
사물함 한켠을 열어 내 스티커를
올랑올랑 마음 한 점의 표현
쌀과자를 양보할 수 있을 만큼의

🐞 예쁜말 알러지

자몽을 좋아하는 쌉싸름함을 즐기는
입맛만이 어른인 한 사람이 있었다
내 좁디좁은 도화지의 배경이 되어줄
그 사람의 발자국 모양을 본떴다
거리를 고작 3센치나 남긴 채로
왜인지 모를 어색함으로 덮여진 공기가
자꾸만 쫄래쫄래 나를 따라온다
적당한 거리 혹은 적당한 선
그 어떤 어른도
그 어떤 교과서도
내게 가르치지 않았던 내용이었을 그것
마침내 침묵을 깨고 다다른 지점 2센치
기다렸다는 듯이 생기는 알러지
예쁜말 알러지

🌸 시든 꽃

시들어버린 꽃다발을 들고
셔츠차림에 운동복 바지를 입은 그대
근사한 옷과 신발이 없어
며칠을 고민만 하다 꽃이 시들었다 했죠
어딘가 서툴러 보이지만
그 누구보다도 진심이 가득했던 그대의 고백
그때부터였을까요
제가 시든 꽃을 좋아하게 된 게

심술쟁이

첫사랑이 떠오른다는
노래 모음집을 들어봤다
놀랐다
너무나도 밝아서
너무나도 간질거려서
아무래도 내 첫사랑만이
심술쟁이였나보다

초아

나 자신을 태워
그의 길을 환하게
비추어주고 싶었다
그 때문이었을까
나 자신을 다 재가되도록 태워버린 탓일까
지금 그가 내 옆에 없는 이유는
내가 형체도 남아있지 못하는 이유는

🕷 공전

태양과 지구처럼
서로를 바라보며 돌고 돌지만
가까워지면
다치고 마는 우리 사이

풍선껌

곱씹으면 곱씹을수록
단물이 다 빠져가
하다 하다 쓰라린 맛이 느껴져 와
그래서인가 널 너무 곱씹어서인가
이젠 곱씹지 말아야지
너무 곱씹은 탓에 이렇게 쓰라린 거라면

이별곡

그가 많이 들었던 노래
내게 불러줬던 노래
우리 노래라고 생각했던 노래

처음엔 10초를 넘기지 못했던
지금은 1절까지 넘기지 않고 듣는 노래
이것에 무뎌져 굳은살이 배겨가는건지
다행스러우면서도 씁쓸해진 이 기분을

바닐라 라떼

나는 바닐라 라떼다
쌉싸름한 일이 일어난 후엔
달달한 일도 찾아오는
마치 나의 울룩불룩한 인생 곡선과도 같은
언젠가 한 번은 크림 같은 사람을 만났다
크림과 함께라면 그 무엇보다도
달달한 음료가 될 수 있었다
그런데 하필 손님이 크림만 쏙 빼먹었네
이젠 난 달달할 수 없는 음료다
오직 쌉싸름한 맛이 나를

한강

푸른 바람 이기적인 남녀들
뒷모습은 마냥 반갑지 못해
웃음 잃어간 내 맘이
그림자를 밟아 따라갈 때
빛나는 너를 마주 볼 때
하나의 점이 되버린 날 봐
내 목소리는 귓가에 맴돌 뿐
더 이상 너를 부르지 못해
벤치 옆 나무로 우릴 기억해
햇살이 내리쬘 땐
잠시 피할 수 있게

🐞 그저 그런거야

이미 쏟아져 버린 커피잔 안의 커피를 생각해

커피 얼룩 같은 너가 존재해

다만 그 얼룩을 애써 지우려 하진 않아

그냥 그런 거야

그날 붉은컵에게 건넨 내 뽀얀 마음이 물들어도

나는 그 색깔이 원래 하얀 거였다고

아무리 커피 얼룩 색깔이라도

그건 그냥 너의 안경 색깔이라는 걸 알아도

나는 그런 거야

뒤집어진 바퀴벌레처럼 허우적거리지 않게

너의 안경색깔을 알 수 없게끔

입안의 물이 가득 차게 흘러내려도

계속 씹는거야

물이 되어 넘치겠지 이 잔을

그렇게 나는 너를 접어두는 거야

그건 내 텅 빈 위로였어

우리 둘 다 틀리지 않은

아주 비겁한 어쩔 수 없는 이라는 단어가

원래 그런거야

그저 그런거야

🐞 빗물

한 방울 한 방울씩
내 머리 위로 떨어지기 시작했다
다행이었다
내 얼굴에 흐르는 물이
빗물인지 또 눈물인지
아무도 알아볼 수 없어서
그저 고개를 푹 숙인 채 인내했다
또 다시 비가 거세게 쏟아졌다
그는 나에게 우산을 씌워줬다
나만 바보처럼
마지막인줄도 모르게끔

최근 삭제된 항목

애써 기억에서 지우고 싶은
사진들을 기억들을
마음 한켠에 모아놓은 그곳
지우려 다짐했음에도 불구하고
완전히 지워버리기에는
아직도 큰 두려움이 닥치고야 마는 곳
들어가 보지나 말아야지 해놓고도
또 들어가서
괜히 한번 훑어보는 그런 곳
들어갈 때면 괜히 쓰라린 듯한
마음이 가득히 밀려오는 그 곳
오늘도 지워야지 말로만

둘,

무언가에게

🕷 사박거림에게

마음속에서 뼈가 해체되었다
눈 녹듯 사람들의 따스한 손길을 갈망한지도
세 계절이 지나갔다
나물이 돋아났고 썬텐을 즐겼으며
마지막 잎새를 그려보기도 했다
드디어 드디어 결을 느낄 시간이
성큼성큼 내 곁으로 다가온 것이다
참새의 잔소리도
까마귀의 혀 차는 소리도
묵묵히 참아내던 내게로
교과서에 나와 있던 장갑을 낀 아이들
길을 헤매는 걸까 도통 보이지 않기에
짐짝을 업은 아이들의
바쁜 발걸음만이 오디오를 채운다
사박사박 소리와 함께
나도 내 친구들도 아스라질것만 같은

🐞 냉장고 사람

촌시러운 자줏빛을 띤 냉장고 사람
그의 손끝에 달려있던 문손잡이는
어째서인지 내가 모를 곳으로 도망갔다
매끈한 굴곡도 사라진지가 몇 년
딱 베이지 않을 만큼의 모서리만 덩그러니
몸 구석구석 붙여져 있던 자석도 스티커도
형체를 알아볼 수 없는 몹쓸 자국만이
우리 집 에어컨이 쉽사리 켜졌다 꺼지듯
그의 마음도 알싸한 변덕도
한번의 손놀림에 차가워지고는
어쩔 줄 몰라하는건 엄마표 겉절이뿐

🐞 껌 냄새

모기망을 뚫고 들어오는 모기마냥 다가와
내게로 닿았다
내 향기가 그의 입맛을 돋구는듯 했다
그의 코를 스친 향기
아카시아 꽃향기
그날 나의 체향은 쌉쌀할지 모르는 자몽 향
비염 때문이었나
킁킁대며 꽃향을 쫓아가던 그의 그림자
꽃향은 그저 내 입에서 새어 나온
껌 냄새일 텐데

🐚 바다

바다는 우주정거장 같다

노란빛 주황빛 붉은빛이 섞인 오묘한 해가 뜨고

쪼리를 신고 선글라스를 낀 사람들이

우르르 치아를 보이며 몰려온다

한 손엔 붉은 튜브 한 손엔 회색 핸드폰을 지닌 채

바다의 오로라색 물결을 담으려 아등바등

참 예쁘다 아름답다는 말소리를

귓밥이 눌러앉도록 들어본다

바다의 곁엔 모래가 존재한다

모래는 그저 일회용 스케치북일 뿐

곰팡이 같은 어둠이 찾아오고

그들은 허물을 남긴 채 떠난다

뒤도 돌아보지 않고 떠난다

그런 온도라도 느껴보고파 매일 되풀이 중인

꿈길

풀잎을 스쳐 내 코에 다다른
마침내 선선했던 바람 한 점
어디서 기어 나온 물결이었을까
오늘따라 하수구가 막힐만큼 흘러
지금이라면 복권이 되지 않을까
한손엔 내려앉은 짐가방
한손엔 맥주 한 캔
관객 한 마리조차 없던 그 골목
오롯이 나만을 비춰주는 스포트라이트 같던
그 가로등 불빛 아래
환히 빛나던 내 모습이

소녀

손바닥만한 짜장 컵라면 하나를 움켜쥔 채
양평 갈운리로 보내졌던 소녀
매일 밤 신호등을 보며 엄마를 그리고
울거나 또 웃었을 밤을 보낸다

사과밭에 놀러가 막걸리 먹는 할아버지를
회초리를 들고 달려오는 할머니를
회관에서 화투로 할머니를 이기던 소녀를

갈운리 소녀는 무엇이 있어서
허리가 꼿꼿했나
어쩜 그리도 겁하나 먹지않던 소녀였을까

뚝섬유원지역

7호선 뚝섬유원지역입니다
안내음과 함께
덜컹덜컹 지하철이 움직인다
내 눈앞에 잔잔한 한강의 윤슬이 보인다
노을이 비친 한강을 부끄러워
뺨을 붉게 밝혔고
동시에 별을 수놓은 듯 반짝이며 일렁인다
이렇게 고개 한번만 들어보았다면
알 수 있었을 텐데
그때의 우리는 왜 단 한 번도
얼굴을 들어보지 못한 걸까
못한게 아니라 안한거겠지
딱 그 정도 였을테니

주황빛 달

노란 단무지에 싱그러운 나물들
꼬깃한 은박지에 싸인 눅눅한 양념치킨으로
이루어진 벽돌색 식탁

은빛 머리칼 끝엔 대롱대롱 매달린 검은빛
한 걸음걸음이 더워질수록 무거워지고
할미꽃마냥 굽어지는 뼈들

마당엔 잘 익은 앵두가 하나둘
그 앵두조차 따라갈 수 없던 따스한 보라색 품
회색빛 집안에 꼬리를 흔드는 복순이
뭐 이리 좋은 것이냐 캐묻고 싶던

힘없이 쉽게 넘어가 버리는 해 떠오르는 달
불빛 하나 없는 캄캄한 어둠 속
내 시야에 들어오는 오직 하나의 불빛
둥근 달 모양의 주황빛

한 아이

내 안의 지하 감옥을 보고도
오히려 내 끼니를 물어봐 주던
조그마한 아이 같은 몸짓으로
살인자를 혼내줄 거라 호언장담하던
날카로운 칼을 품은 걸 보아도
내 옆에 머무르던
한 아이

그 아이는 아직도 종종
나의 행복을 묻고는 합니다
덕분에 내 텃밭엔 회색빛 프리지아가 피고
그 옆을 세잎클로버가 지킵니다

🐞 휴가

여행이 떠나고 싶다는 것
이 쳇바퀴 같은 일상 속에서
벗어나고 싶다는 것

몸을 쉬게 하기보다는
마음에게 휴식을 줄 때가
찾아왔다는 것

내 감정들에게도
가끔은 휴가를 줘야 한다
마음이 고장 나지 않으려면

검은색

빛나는 사람들 뒤에서
그들을 더욱이 밝게 만들어주는

누군가에겐 배경에 그치지만
또 다른 누군가에게는
가장 좋아하는 색깔이 되기도 하는

비록 어둡고 캄캄하지만
무엇이든 표현해낼 수 있고
존재하기에 그들이 밝게 빛날 수 있다
그런 나는 검은색이다

색깔

세상엔 여러 가지 색이 존재한다
상큼하던 너는 노란색
싱그럽던 너는 초록색
따듯하던 너는 주황색
사랑스럽던 그대는 핑크색
이렇게 우리 모두가
다른 색이기에 또 다른 빛이기에
더 아름다워 보이는 것은 아닐까
각자의 색깔을 고이 지닌 채

셋,

과거에게

🦋 잔나비

터진다
공기가 빽빽이 들어찬 풍선이라
막이 상상도 되지 않을 만큼 얇아진 탓
따스한 변화일지
그걸 방패 삼은 가증일지 몰라도

팍

하는 속내음과 함께
걷잡을 수도 없게끔 빠른 속도로
이내 내 몸선을 타고 흐른다
그를 따라 입이 벌어질 듯
한 글자라도 토해내고 싶은 마음
음소거인줄도 모른 채
읍읍거리기만을 반복해
가여운 눈망울을 지닌 잔나비
어째서 이를 알아봐 주지 않았는가

시선 한점이 그리워

매일 토하는 시늉을 반복하는 잔나비

🦔 잠수

아무도 모르게
오늘도 물속 깊이 빠져간다
심해에 다와갈 때 쯤 알아차리고는
숨을 쉬려 헐떡대고
쉬어질 리 없는 숨과 동시에
정신이 아득해져온다
몇 밤이 지났을까
눈을 떠본다
애써 물기를 털어본다
단 한 방울도 제대로 털리지 않았다
어느새 난 다시 물속으로

창문

창틈으로 새어 들어오는 빛
아침이 찾아왔다는 것
새로운 하루가 시작될 거라는 신호탄
오늘의 고지서가 날아온듯해서
창문을 가리고 무작정 커튼을 샀다
이러면 시간 가는 걸 모르니까
하루가 시작되는 걸 모르니까
그제서야 숨이 좀 쉬어졌다
나만 뒤쳐질 일은 없으니까
아무도 기다려주지 않을 거니까

🌷 드라이플라워

희미하게 손을 가져다댄다
하나의 힘도 없이
우스스 떨어져 내려간다
멀리서 볼 땐 아름다웠던 꽃들이
바닥에 짓밟혀 더러워 보인다
부드러워 보였던 그 손은
전부 허상이었을까
의구심이 차오른다
내게 무엇을 기대하고 다가왔던 건가
기대에 만족시켜 주지 못해
밟혀버린 건가
오늘도 신발 끝자락에 매달린 채
이 삶을 연명해 나가며

엇박

사람들이 몰려온다
내게 손을 뻗으려 한다
이미 내 몸은
여러 색의 물감으로 더렵혀져있다
가시로 내 몸을 감싸본다
꽃잎이 하나둘 저물어가고
가시를 하나하나 뽑아간다
그 사이 그의 시야에 난 사라져간다
그와 내 시간은 같이 흘러가지 않는다
마치 다른 세계의 사람인 양
엇박을 타고 흘러간다

무인도

어느 날 무인도에 들어갔다
길을 잃어버린 듯 보였지만
내 두 발로 똑똑히 걸어 들어갔다

쾅 쾅 쾅 망치질을 시작했다
무인도를 빙그르 둘러싸게끔 틈이 없게끔
그렇게 한층 한층 벽을 쌓아나간다
오아시스가 어디에 있는지
금은보화는 어디에 있는지
모든 것이 적힌 지도를 내 손으로 불태웠다
이것 또한 내가 한 선택이다

그렇게 점점 보금자리를 좁혀나간다
나조차 숨도 쉴 수 없게끔

🐞 새하얀

온통 새하얀 새들로 둘러 쌓인
온정하나 느껴지지 않았던 삭막한 흐름속
그 흐름속에 누워있던 그녀
그녀는 인간이 아닌 꽃이었나보다
일주일 만에 시들어버리는 꽃마냥
손으로 툭 하고 건들면 우스스 떨어질것만 같은
몸짓으로 눈빛으로
나에게 한 마리의 새를 보냈다
그 새의 다리에 어떠한 말을 감아
보냈을까 의문스럽다
아마 평생 수수께기삼아 되뇌겠지
지금은 그저 내 중년기가
꽃이 아니길 바랄 뿐

선

너와 나의 아슬아슬한 줄타기
이 선을 먼저 넘는 자
그 자에게 주어지는 벌 혹은 상
언제부터였을까 이 위험한 놀이는
무엇 때문에 무엇이 두려워
이 놀이를 멈추지 못하고
추락해버린 너 또는 나
그 누가 승자였고 패자였나
아무도 모르는
오직 너와 나만이 알고 있는
이 놀이의 결과

🪲 육질

축축이 젖어버린 칼이 거침없이 다가와
모두가 자신의 흉기를 버릴 듯이 굴지만
특유의 토악질 나는 비릿한 향만이
내 코를 덮쳐오고 만다
수많은 가면을 바꿔 쓰고 있다
오늘도 검붉은 피가 흐른다
지팡이의 방향이 바뀌는일은 없을것이다
어여쁜 사과 맛 칼따윈 존재할 일 없을 테니
가면이 달라진다 한들
본디 육질은 같을 테니

멸종

소나기같이 거친 살결이 들이친다
평소라면 피해 갈 궁리만 할
잿빛 빗방울을
유월은 왠지 맞아도 될 것만 같아서
머리털 끝까지 타고 올라온다
그녀는 서커스단 잔나비가 되었기에
바퀴를 슬리퍼로 짓누르는 상상을
그의 입가엔 한지에 퍼진 먹 같은 미소가
에프킬라에도 느껴지는 숨결을
감쌀 수만 있다면 그럴 수만 있다면
저 달이 부럽지 않으리라
개도 들은 체 하지않는 그곳에서
빌고 또 하염없이 빌기만

🦎 공동 소유

먹이 쇠창살에 갇혔다
봄이 오면 꽃이 피길
매일 통통한 손가락을 접어가며
기다렸던 황홀의 끝자락
도심 속의 불꽃놀이보다 아름다운
화채 같은 암이 떠내려가고
터트림과 동시에 내 시야가 무너져
초코송이의 그녀는 내 소유가 아니었나
먹과 나의 공동 소유인 것을
무지했던 잔나비는 이제야 고개를 떨구고
털이 한 올씩 휘날려 저 진흙 속에 박히고
바늘로 온몸을 쑤셔도 물 한 방울조차 나오지 않고

애마

세계 달궈진 돌판 위를
영차영차 하고 벗어난 고깃덩이
그런 것 하나를 미소 지어 바라보며
군침을 숨기지 못 하는 백마 한 마리
난 사람 한 명
고깃덩이를 구워 먹지 못해
입맛을 다시며 다음을 기약해 보는
행인 정도의 사람
그 이상 그 이하 무엇도 되지 못한
바다에 있는 물 같은
하늘에 있는 공기 같은
내 존재
애마를 보며 웃지도 울지도
역정을 내볼 용기조차도 지니지 못한

순종이길

여유를 한 움큼 머금은 그
다른 어떤 이에게도 느껴지지 않던
연분홍빛 새싹 한가득
굳세게 믿었던 어쩌면
나 자신에게 연기하고 또 연기했을
탁한 화살일까
온몸이 요동치는 순간을
머리가 물든 순간을
아 그럴 수는 없던 것인가
지금조차 난 슬롯머신을 가져와
이왕이면
새싹이 나무인 줄도 모른 채 아는체

심목일

초판 1쇄 발행 2024년 11월 01일
초판 1쇄 인쇄 2024년 11월 01일

지은이   임예솔

디자인   포레스트 웨일
펴낸이   포레스트 웨일
펴낸곳   포레스트 웨일
출판등록   제2021-000014 호
주소   충남 아산시 아산로 103-17
전자우편   forestwhalepublish@naver.com

종이책   979-11-93963-60-9

작가님들과 함께 성장하는 출판사
포레스트 웨일입니다.
작가님들의 소중한 원고를 받고 있습니다.
forestwhalepublish@naver.com